LE GRAIN
DE SABLE

LE GRAIN DE SABLE

Olivier Le Jeune, premier esclave au Canada

Écrit par
Webster

Illustré par
ValMo

SEPTENTRION

Pour effectuer une recherche libre par mot-clé à l'intérieur de cet ouvrage,
rendez-vous sur notre site Internet au www.septentrion.qc.ca

Les éditions du Septentrion remercient le Conseil des Arts du Canada et la Société de développement des entreprises culturelles du Québec (SODEC) pour le soutien accordé à leur programme d'édition, ainsi que le gouvernement du Québec pour son Programme de crédit d'impôt pour l'édition de livres.

Financé par le
gouvernement
du Canada | Canadä

Édition : Marie-Michèle Rheault
Révision linguistique : Mélanie Darveau
Illustrations : ValMo, www.valmoillustration.com
Mise en pages et maquette de couverture : Pierre-Louis Cauchon

Si vous désirez être tenu au courant des publications
des ÉDITIONS DU SEPTENTRION
vous pouvez nous écrire par courrier,
par courriel à sept@septentrion.qc.ca,
ou consulter notre catalogue sur Internet :
www.septentrion.qc.ca

© Les éditions du Septentrion
835, avenue Turnbull
Québec (Québec)
G1R 2X4

Dépôt légal :
Bibliothèque et Archives
nationales du Québec, 2019
ISBN papier : 978-2-89791-081-5
ISBN PDF : 978-2-89791-082-2

Diffusion au Canada :
Diffusion Dimedia
539, boul. Lebeau
Saint-Laurent (Québec)
H4N 1S2

Ventes en Europe :
Distribution du Nouveau Monde
30, rue Gay-Lussac
75005 Paris

À toi qui commences ta lecture,

Olivier Le Jeune a vraiment existé. Tu trouveras à la fin du livre son histoire complète ainsi que l'explication de certains mots que tu pourrais ne pas connaître. En tant qu'esclave, Olivier Le Jeune a connu beaucoup de moments difficiles. Voici son parcours en mots et en images.

La plage.
Entre deux soupirs je m'assoupis
et tout ce que je vois c'est la plage.
Cette grande étendue blanche
recevant les vagues d'une mer profonde
et intrigante.

Maintenant, de ma fenêtre,
j'arpente cette même plaine blanche,
mais ce sont les flocons qui *s'épandent**.

* Les mots en *italique* sont définis dans le glossaire à la fin du livre.

7

Alors, je retourne vers la plage.

Celle de mon enfance.

Celle où j'ai passé tant de temps
à scruter l'horizon,
le voir s'étendre tel un *rhizome*
et puis attendre que le soleil y sombre.

Jamais je n'aurais cru
qu'il m'avalerait aussi.

Certes, j'étais naïf
mais, à mon âge,
qui peut dire qu'il connaît l'homme ?

À 6 ou 7 ans,
tout est vécu par la bonté de l'âme.

Quelle ne fut pas ma joie
de voir la mer se hérisser
d'abord d'un mât et puis de voiles,
à vive allure voguant vers ici!

C'est ainsi que j'ai couru.
Courir de tout mon cœur
à défaut d'être plus rapide que mon corps.

Le souffle court
battait le rythme de mes pas.
J'allais vers ma *case* sans jamais me douter
qu'elle serait vite celle de mon départ.

J'y ai vu ma douce mère
pilant le *mil* dans la *calebasse*.
Un dernier souvenir
avant l'odeur fétide de la *cale* basse
d'un *bateau négrier*.

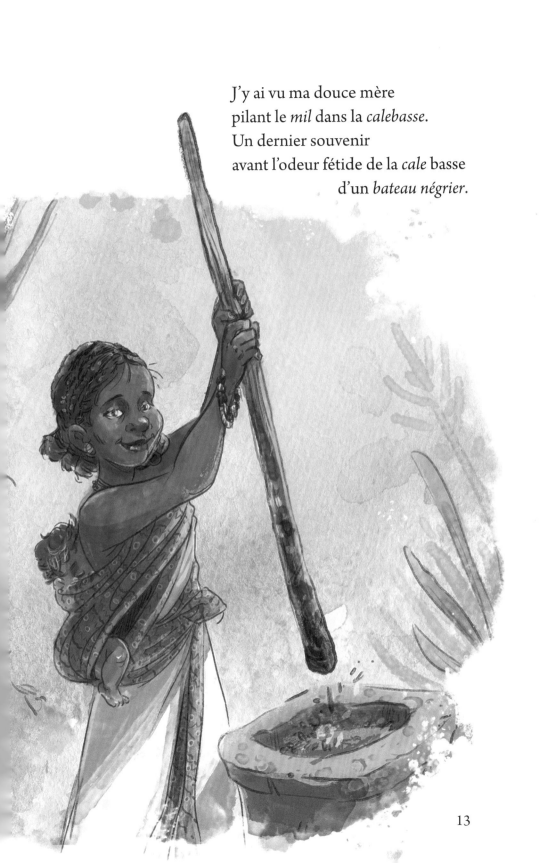

Elle a beau avoir crié,
mais déjà de retour sur le sentier,
je me dépêchais pour accueillir les étrangers.

Au bout de quelques enjambées
je me suis senti étranglé.
Le cou par des sangles lié,
pris dans un filet,
je me débattais farouchement, tel un sanglier.

On m'a donné des coups
et puis ramené vers la plage.

Ma plage
devenue cachot à ciel ouvert.

J'y ai vu les gens du village,
désemparés,
les mains cachant l'*effroi* de leur visage.

Des femmes encagées
implorant les hommes battus et enchaînés
de se lever une dernière fois,
de faire l'ultime effort de redresser l'*échine*.

Et pour le valeureux
qui les écoute…

C'est le *mousquet* qui le réclame.

Le blanc du sable devient *écarlate.*

Je l'ai vu.
Trente ans plus tard, je le revois encore.
Mes oncles en *haillons*
qui par les vagues sont *inhumés*.
L'image des *galions*
engouffrant de longues chaînes
dont les maillons sont humains.

C'est ainsi que j'ai quitté mon île
que l'on nommait *Madagascar*,
vogué vers un avenir
dont j'aurais aimé qu'on me fasse part.

Un parcours si pénible
à rendre les plus solides séniles.
Sur le pont les mines sont basses
et le soleil à son *zénith*.

Un bras monte vers le ciel
et puis s'abat comme sur un tambour.
Les coups de fouet battant le cuir
au rythme des cris de la peau en *lambeaux*.

Laver les plaies à l'eau salée
afin de traiter la vermine.
J'ai vu une femme préférer la mer
au sort qui l'attendait sur la terre ferme.

Et puis j'ai vu celle-ci :
une petite île qu'ils appelaient *Gorée*.
Les *geôles* de l'Enfer surgissant des flots
seraient une bonne *allégorie*.

Toujours en chaînes et esseulé,
j'ai troqué la cale humide
pour l'étroitesse d'une cellule.

De ma petite fenêtre,
j'observais les *caravelles*,
certaines crachant le *bois d'ébène*
tandis que d'autres le ravalaient.

31

Semaine après semaine,
nourri de bouillie et de pain sec.
On m'a déshabillé, tâté et puis pesé,
échangé pour une poignée de pièces.

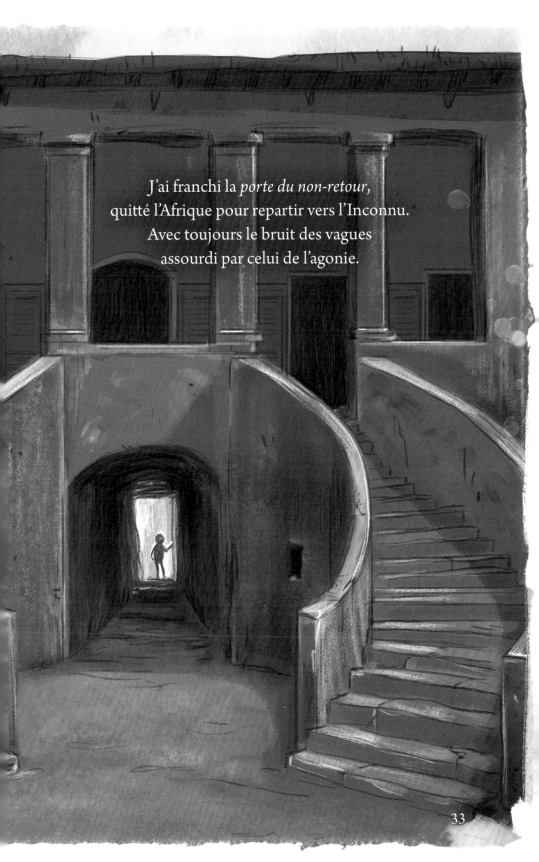

J'ai franchi la *porte du non-retour*,
quitté l'Afrique pour repartir vers l'Inconnu.
Avec toujours le bruit des vagues
assourdi par celui de l'agonie.

Un autre voyage horrifique,
mais déjà vous connaissez la suite.
Endurci par l'expérience,
cette fois j'ai su rester *stoïque*.

Tant de corps par-dessus bord ;
la cargaison qui fait une diète.
On a navigué longuement
jusqu'à une ville du nom de *Dieppe*.

C'est là que j'ai débarqué :
la terre de l'homme à la peau blême.
En plus des chaînes, j'ai vu le froid
venir se greffer au problème.

À travers la nuit,
on m'a mené dans le *dédale* des rues pavées.
Pas à pas,
j'observais les paysages se dévoiler
brique par brique,
bâtiments et cheminées.
Tiraillé entre la peur et la surprise,
ces sentiments qui cheminaient.

J'étais si loin…
Comme si la chance m'avait renié.
On m'a tiré par le bras
vers une petite chambre dans le grenier.

Tout ce qu'il y avait
c'était un lit de paille moisie.
J'ai frappé la porte
jusqu'à ce que mes poings soient *cramoisis*.

De la rage et de la détresse
m'a libéré la fatigue.
Le temps d'un songe, j'ai parcouru ma plage
avant le retour à cette réalité sordide.

Au lever du jour,
j'ai compris ce que c'était
qu'être un esclave-objet.
Récurer les pots
de chambre et l'écurie,
un ramassis de tâches *abjectes*.

J'ai vu les branches nues
devenir des bourgeons,
ces derniers éclore
et puis tomber les feuilles jaunes.

J'ai mieux connu cette famille
qui disait me posséder.
J'avais été acquis par le père
et à ses fils je fus cédé.

Des marchands-aventuriers,
toute la ville les appelait *Kirke*.
David, Lewis et les autres,
un peu partout j'allais avec eux.

Un matin échevelé
chevaucha un fait saillant :
une *missive* et une mission
de traverser l'océan.

Saisir cette *colonie* française.
Une guerre qui allait durer *trente ans*.
Pour les Kirke, le commerce des fourrures
était beaucoup plus tentant.

La frayeur m'a parcouru
quand je suis monté sur le bateau.
Le souvenir d'une vie pas si lointaine
à chacune des vagues me hantait.

Après deux mois en mer,
nous avons pénétré le *golfe*.
D'un coup sec pris Tadoussac
ce qui devint notre avant-poste.

L'objectif réel
était le *comptoir de Québec*.
Déloger ces Français
qui depuis 20 ans l'occupaient.

Ces colons étaient menés
par un dénommé *Champlain*.
On lui a demandé de se rendre,
mais, entêté, il était peu enclin.

Tout ce qui restait c'était l'attente.
Et puisqu'il y avait si peu d'action,
je découvrais cette nouvelle terre
qui, à chaque pas, nourrissait ma *stupéfaction*.

Ces arbres énormes
habillés de feuilles et puis d'aiguilles,
cette multitude de lacs
au crépuscule luisant comme le cuivre.

J'ai aperçu cet animal
à la queue plate et à fourrure.
Tout ce chemin pour ça ?
Je ne pouvais réprimer mon fou rire.

Assez bizarre,
mais qu'est-ce que j'en savais ?
Mon rôle se limitait
à tous ces plats que je servais.

Un jour, on eut vent
que la chance de Champlain
et ses hommes s'en était allée.
Une bataille en bateau
les empêchait de se ravitailler.

Après cette longue pause de quelques mois,
Ils n'eurent d'autre choix que de capituler.
Nous voilà maîtres du Canada ;
nouveau climat auquel il fallait s'habituer.

Les Kirke prirent le contrôle
et renvoyèrent les valeureux en France.
Restèrent les vieux, les paysans
et ceux encore dans leur enfance.

Quelque temps après l'occupation,
on me rappela douloureusement ma condition.

Vendu 50 écus,
je fus l'objet d'une transaction.

Encore.

Abasourdi,
on me traîna chez *Le Baillif,*
traître et colon collaborant
avec l'envahisseur de ce pays.

Ce n'est pas le climat qui était froid,
mais bien le cœur de cet homme.

Insultes et coups de canne,
j'étais froissé comme les feuilles à l'automne.

J'accompagnais le soleil
sans pourtant voir la lumière.
De l'aube à la nuit noire
une *affliction* trop coutumière :

frotter, servir, porter
laver, jeter, forcer
sortir, rentrer, sécher
lever, courir, grondé

subir, aller, pousser
couper, souffrir, brosser
poser, tenir, grondé
fléchir, tomber, *rossé*.

Ce calvaire dura trois ans
jusqu'au retour de Champlain en mai.
La colonie redevint française
par le *Traité de Saint-Germain-en-Laye.*

Le Baillif s'échappa
et me donna à *Guillaume Couillard.*
Celui-ci perçut en moi
un jeune capable et débrouillard.

Sa demeure
était un endroit animé.
Il y avait déjà deux *Autochtones* :
Espérance et Charité.

Ces dernières riaient
chaque fois qu'elles me voyaient.
Les yeux de Charité brillaient
comme deux grandes braises du foyer.

Elles m'ont appris l'hiver
et puis à marcher sur la neige,
à confectionner des paniers
avec l'écorce du bouleau beige.

Aa

Bb

Cc

On m'envoya chez les *Jésuites*.
Sur la rivière Saint-Charles, une résidence.
Là-bas le *père Le Jeune*
m'enseigna *catéchisme* et *Providence*.

Avec un ami autochtone,
je commençai à tracer les A, B, C.
On nous dit que nous serions bientôt comme les Blancs.
Je ne voulais pas être *depecé*.

Ils ont bien rigolé
de me voir grandement inquiété.
Ils m'ont alors expliqué le baptême
et les fondements de la *piété*.

Baptisé l'année suivante,
on m'appela Olivier comme le *commis général*
et puis Le Jeune en l'honneur de mon tuteur
de la petite cabane sur la Saint-Charles.

À la messe, on me disait attentif.
Je me retrouvais en Jésus et sa Passion :
la trajectoire d'un homme
pour qui le Destin n'avait plus de compassion.

Les années passèrent
au rythme des oiseaux qui partaient et revenaient.
Je voyais Charité
apprécier de plus en plus ce que je devenais.

Et moi aussi d'ailleurs.

On faisait de longues balades
en descendant la *côte de la Montagne*.
Passer le cimetière,
le premier à la rive gagne.

Courir autour du fort.
Tremper nos pieds dans l'eau du fleuve.
Lui raconter au loin
mon île, ses formes et ses *effluves*.

Il était rare
d'interagir avec une personne de mon âge.
Ce bonheur éphémère
se *dissipa* dans la forêt et son ombrage.

Encore un événement
dont je ne saurai jamais le pourquoi.
Une déception de plus
à reléguer sous mon *pourpoint*.

J'ai continué à servir
sans chercher l'origine de ma prochaine amertume,
comme un marin sur l'océan
demeure conscient que la mer tue.

Un jour dans la Basse-Ville,
je pense, en 1638,
j'ai rencontré l'ami
avec qui j'étais chez les Jésuites.

Heureux de nous voir,
nous discutions du temps passé.
Il m'apprit une rumeur
qui me laissa le sang glacé :

ce traître de Le Baillif
complotait le retour des Anglais.
La seule idée de le revoir
devint si lourde, il me semblait.

Il avait aussi un complice,
le traducteur *Nicolas Marsolet*.
Je le rapportai aux autorités
qui de 1000 questions me harcelaient.

J'ai signé la *déposition* d'une croix.
Ne pouvant confirmer l'information,
on me mit vingt-quatre heures à la chaîne
pour *calomnie* et *diffamation*.

Vingt-quatre heures dans un cachot,
mais toute une vie de souvenirs envahissants.
Assailli par ma mémoire,
je revivais le récit d'un passé me haïssant.

Ce qui me restait de sourire s'est envolé
entre les barreaux de la fenêtre
pour aller se poser
vers la contrée qui m'a fait naître.

Après cet épisode,
devenu muet, on me disait le Nègre de la colline.
Tout mon courage et puis ma force
se sont mués en une profonde mélancolie.

Pendant près de 16 ans,
j'ai travaillé sans rien attendre de plaisant.
Perpétuer l'hiver
sans espérer la venue du printemps.

Le soir après le service,
je m'asseyais devant la fenêtre sur une chaise en bois.
Je regardais le ciel
et puis s'accumuler la neige en bas.

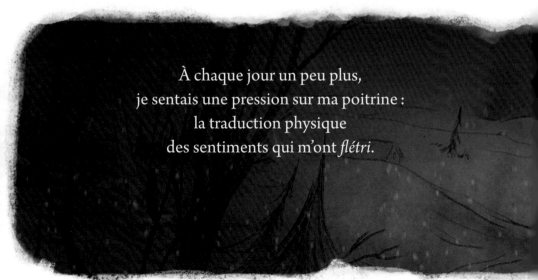

À chaque jour un peu plus,
je sentais une pression sur ma poitrine :
la traduction physique
des sentiments qui m'ont *flétri*.

J'ai compris que mon souffle
lui aussi pensait dès lors me quitter,
me défaire de ma souffrance
pour finalement rejoindre les *orchidées*.

Je pensais à ma mère,
à Gorée, à Dieppe et à Charité.
À mon île – ô mon île! –
que je sentais se rapprocher.

Le mois de mai
me vit moi aussi prêt à éclore.

Entre deux soupirs, je me suis finalement assoupi.

Mon esprit enfin reprit le large.

Un grain de sable quittant l'hiver
afin de retrouver sa plage.

LA VIE D'OLIVIER LE JEUNE

En juillet 1629, Samuel de Champlain est forcé à la reddition de la jeune colonie de Québec devant les frères Lewis et Thomas Kirke, des corsaires agissant au nom de l'Angleterre. En 1632, la ville est restituée à la France à la suite de la signature du Traité de Saint-Germain-en-Laye.

Outre cette première possession anglaise du territoire de la Nouvelle-France, un autre fait historique se cachait dans les bagages des frères Kirke : Olivier Le Jeune, le premier esclave africain à vivre de manière permanente dans la ville de Québec. Très peu d'informations subsistent à son sujet. On sait qu'il est venu lors du siège de 1629 en tant qu'esclave ; il devait avoir autour de huit ans et était probablement originaire de Madagascar. On sait aussi qu'il fut vendu 50 écus à Olivier Le Baillif, un commis français travaillant pour les Anglais. Ce dernier le céda à Guillaume Couillard lorsqu'il quitta Québec, au moment où la ville fut rendue aux Français en 1632. Au début des années 1630, Olivier Le Jeune devint l'un des premiers étudiants de notre histoire sous l'égide du père jésuite Paul Le Jeune, qui lui apprit les bases du catéchisme. Voici ce que le père Le Jeune écrit dans ses *Relations des Jésuites**, un document regroupant la correspondance qu'il entretenait avec ses supérieurs religieux en France :

Je suis devenu régent au Canada. J'avais l'autre jour un petit Sauvage d'un côté, et un petit Nègre ou Maure de l'autre, auxquels j'apprenais à connaître les lettres. Après tant d'années de régence, me voilà enfin retourné à l'A, B, C, mais avec un contentement et une satisfaction si grande, que je n'eus pas voulu changer mes deux écoliers pour le plus bel auditoire de France : ce petit Sauvage est celui qu'on nous laissera bientôt tout à fait, ce petit Nègre a été laissé par les Anglais à cette famille française qui est ici. Nous l'avions pris pour l'instruire et le baptiser, mais il n'entend pas encore bien la langue, voilà pourquoi nous

---

* Les extraits des *Relations des Jésuites* ont été adaptés en français moderne pour en faciliter la lecture.

attendrons encore quelque temps. Quand on lui parla du baptême, il nous fit rire. Sa maîtresse lui demandant s'il voulait être Chrétien, s'il voulait être baptisé, et qu'il serait comme nous, il dit que oui : mais il demanda si on l'écorcherait point en le baptisant, je crois qu'il avait belle peur : car il avait vu écorcher ces pauvres Sauvages. Comme il vit qu'on riait de sa demande, il repartit en son patois, comme il peut : Vous dites que par le baptême je serai comme vous, je suis noir et vous êtes blancs, il faudra donc m'ôter la peau pour devenir comme vous ; là-dessus on se mit encore plus à rire, et lui voyant bien qu'il s'était trompé, se mit à rire comme les autres[…]*.

Il fut baptisé en mai 1633. On lui donna le prénom d'Olivier, en l'honneur du commis général Olivier Letardif (gendre de Guillaume Couillard), et le nom de famille de son précepteur jésuite, Le Jeune.

Dans un autre passage des *Relations des Jésuites* rédigé en 1633, le père Le Jeune reprend :

Le 14 mai, je baptisai le petit Nègre, duquel je fis mention l'an passé : quelques Anglais l'ont amené de l'île de Madagascar, autrement de Saint-Laurent, qui n'est pas loin du Cap de Bonne-Espérance, tirant à l'Orient, c'est son pays bien plus chaud que celui où il est maintenant. Ces Anglais le donnèrent aux Kirke, qui ont tenu Québec et l'un des Kirke le vendit 50 écus à ce qu'on m'a dit, à un nommé Le Baillif, qui en a fait présent à cette honnête famille qui est ici […]**.

C'est ainsi que le jeune Malgache se retrouva bien malgré lui loin de sa terre natale, en état de servitude dans une contrée froide et hivernale.

Olivier Le Jeune est mentionné seulement deux autres fois dans les documents de la Nouvelle-France : on apprend ainsi qu'en 1638, il est mis « 24 h à la chaisne » pour avoir calomnié Nicolas Marsolet et qu'il est inhumé au cimetière de la côte de la Montagne le 10 mai 1654.

---

*   *Relations des Jésuites*, éd. Thwaites, Volume V, p. 62.
** *Relations des Jésuites*, éd. Thwaites, Volume V, p. 196.

LA NAISSANCE DU PROJET

Ce livre n'est pas une étude historique, mais bien une fiction inspirée d'un fait vécu. J'ai tenté de retracer ce à quoi aurait pu ressembler le parcours d'Olivier Le Jeune, de l'île de Madagascar jusqu'à la vallée du Saint-Laurent dans la première moitié du 17e siècle. Ce récit romancé m'apparaît l'un des déroulements possibles du voyage de ce grain de sable perdu dans le froid de l'hiver.

La rencontre avec ValMo s'est effectuée par l'entremise de Raymond Poirier pour le projet « Paroles sur images » dans le cadre du festival littéraire Québec en toutes lettres. Ce projet regroupait différents auteurs avec des dessinateurs et ils devaient, ensemble, écrire puis illustrer une histoire. C'est ainsi que j'ai eu l'idée de raconter la vie d'Olivier Le Jeune, un récit qui me fascine depuis plusieurs années.

Ce format jeunesse (qui peut aussi plaire aux adultes) s'inscrit dans une dynamique d'éducation quant à un passé québécois beaucoup plus multiculturel qu'on a pu l'apprendre dans nos livres d'histoire. Dans le contexte de changement démographique que connaît présentement le Québec, il est important de relater d'une manière accessible la présence de personnes d'ascendance africaine à travers notre histoire et, ainsi, en faire une relecture inclusive.

Aly Ndiaye
alias Webster

Pour plus d'informations à propos d'Olivier Le Jeune et de l'esclavage au Québec, vous pouvez consulter les ouvrages suivants :

Gay, Daniel, *Les Noirs du Québec, 1629-1900*, Québec, Septentrion, 2004, 482 pages.

Mackey, Frank, *L'Esclavage et les Noirs à Montréal : 1760-1840*, Montréal, Éditions Hurtubise, Cahiers du Québec : Histoire, 2013, 672 pages.

Trudel, Marcel, *Deux siècles d'esclavage au Québec*, Montréal, Éditions Hurtubise, Cahiers du Québec : Histoire, 2004, 408 pages.

GLOSSAIRE

Abasourdi : Très étonné.

Abject : Dégoûtant ou méprisant.

Affliction : Grand chagrin, douleur profonde.

Allégorie : Image exprimant une idée.

Autochtones : Les Premières Nations ayant habité les territoires du Québec et du reste des Amériques.

Bateau négrier : Navire transportant les esclaves dans des conditions horribles. Ils étaient enchaînés dans la cale et ne pouvaient en sortir que pour être lavés ; on les forçait alors à danser afin qu'ils se dégourdissent.

Bois d'ébène : Nom donné aux esclaves africains capturés afin d'être vendus dans les colonies du continent américain. Le terme « ébène » fait référence à la couleur noire de leur peau.

Cale : La partie inférieure d'un bateau où l'on transporte les marchandises.

Calebasse : Récipient ou bol d'origine africaine.

Calomnie : Accusation grave et mensongère.

Caravelle : Navire à voiles utilisé aux 15ᵉ et 16ᵉ siècles.

Case : Habitation traditionnelle africaine.

Catéchisme : Enseignement de la foi chrétienne.

Champlain (Samuel de) : Né à Brouage, en France, entre 1567 et 1574. Navigateur, explorateur, soldat et cartographe, il fonde la ville de Québec en 1608 ; il est considéré comme le père de la Nouvelle-France.

Colonie : Territoire occupé par une nation en dehors de ses frontières. Dans le cas de la colonisation du Québec, le territoire était déjà habité par les peuples autochtones depuis des millénaires avant l'arrivée des Européens.

Commis général : Olivier Letardif était le commis général de la Compagnie des Cent-Associés, chargée de coloniser la Nouvelle-France en échange du monopole du commerce des fourrures. Né en Bretagne, en France, vers 1604, il sera le gendre de Guillaume Couillard de 1637 à 1641. C'est en son honneur qu'Olivier Le Jeune a reçu son prénom.

Comptoir de Québec : La ville de Québec a été fondée en 1608 par Samuel de Champlain pour servir de comptoir (poste) pour le commerce des fourrures.

Côte de la Montagne : Tracé par Samuel de Champlain en 1620, c'est le premier chemin reliant la Haute-Ville à la Basse-Ville de Québec. La maison de Guillaume Couillard se situant dans la partie haute de la ville, Olivier Le Jeune et Charité devaient emprunter ce chemin afin de se rendre au fleuve Saint-Laurent. C'est dans le cimetière bordant cette route qu'Olivier Le Jeune sera inhumé.

Cramoisi : Rouge.

Dédale : Labyrinthe.

Dépecer : Mettre en morceaux.

Déposition : Témoignage.

Dieppe : Ville du nord de la France d'où sont originaires les frères Kirke.

Diffamation : Propos visant à nuire à la réputation de quelqu'un.

Dissiper : Faire disparaître.

Écarlate : Rouge.

Échine : Colonne vertébrale.

Effluve : Odeur.

Effroi : Peur.

Épandre : Étendre sur le sol.

Espérance et Charité : Foi, Espérance et Charité étaient trois Autochtones que la nation montagnaise avait données à Samuel de

Champlain afin qu'elles soient éduquées à la française. Foi quitta rapidement la colonie, mais les deux autres y demeurèrent. Lorsque Champlain fut renvoyé en Europe par les frères Kirke en 1629, il manifesta le désir d'amener Espérance et Charité avec lui. Les Anglais s'y opposèrent, prétextant ne pas vouloir mécontenter les Autochtones. En fait, l'argument était une ruse du traducteur Nicolas Marsolet qui désirait séduire Espérance. Avant de partir, Champlain confia les deux jeunes filles à Guillaume Couillard.

Flétri : Qui a perdu sa vigueur.

Galion : Navire espagnol datant du 16ᵉ siècle.

Geôle : Prison.

Golfe : Grande étendue d'eau avançant à l'intérieur des terres.

Gorée : Petite île au large du Sénégal. Durant l'esclavage transatlantique, c'était l'un des points de départ de la côte ouest africaine afin d'amener les esclaves en Amérique. Le passage d'Olivier Le Jeune dans la Maison des esclaves est anachronique car elle n'a été construite qu'en 1776, près de 150 plus tard. C'est un clin d'œil à mon héritage sénégalais ainsi qu'à ce lieu de mémoire de l'esclavage.

Trente Ans (guerre de) : Conflit armé entre plusieurs puissances européennes, dont la France et l'Angleterre, de 1618 à 1648. Les frères Kirke prirent Québec dans le cadre de cette guerre. La Nouvelle-France fut redonnée à la France à la suite de la signature du Traité de Saint-Germain-en-Laye en 1632.

Guillaume Couillard : Né à Saint-Servan, en France, en 1588, il est considéré comme le premier colon de la ville de Québec ; il y arrive en 1613. C'est à lui que Le Baillif donna Olivier Le Jeune lorsqu'il quitta la colonie en 1632.

Haillons : Vêtements en loques, usés ou déchirés.

Inhumé : Enterré.

Jésuites : Membres de la Compagnie de Jésus, un ordre religieux fondé par Ignace de Loyola au 16ᵉ siècle. Plusieurs jésuites seront envoyés en Nouvelle-France en tant que missionnaires afin de convertir les Autochtones au catholicisme.

Kirke : Famille d'aventuriers et de négociants nés à Dieppe, en Normandie, à la fin du 16ᵉ siècle. David, l'aîné, était accompagné de ses frères Lewis, Thomas, John et James lors de la prise de Québec en 1629. C'est avec eux qu'Olivier Le Jeune arriva au Canada.

Lambeaux : Morceaux déchirés.

Le Baillif (Olivier) : Né à Amiens, en France, il a collaboré avec les Anglais lors de la prise de Québec. Il acheta Olivier Le Jeune aux Kirke pour 50 écus.

Madagascar : Grande île au sud-est de l'Afrique ; endroit présumé de la provenance d'Olivier Le Jeune.

Mil : Céréale que l'on trouve principalement en Afrique.

Missive : Lettre.

Mousquet : Arme à feu datant du 16ᵉ siècle.

Nicolas Marsolet : Né entre 1587 et 1601 dans les environs de Rouen, en France, il était interprète de langues autochtones en Nouvelle-France. Il arrive à Québec vers 1608 ou 1613 et accompagne Champlain dans plusieurs voyages. Lors de la prise de Québec par les frères Kirke en 1629, il décide de se mettre au service des Anglais. Quand Champlain voulut amener en France les Montagnaises Espérance et Charité, Marsolet convainquit les Anglais que cela causerait des ennuis avec les Autochtones de la région ; la demande de Champlain fut donc refusée. Dans les faits, l'interprète inventa cette raison, car il tentait de séduire Espérance. En 1648, Olivier Le Jeune fut condamné « 24 h à la chaisne » pour avoir calomnié Nicolas Marsolet ; il avait rapporté, sans preuve, une rumeur comme quoi Marsolet complotait le retour des Anglais avec Le Baillif.

Orchidée : Fleur tropicale.

Père Le Jeune : Né à Vitry-le-François, en France, en 1591, Paul Le Jeune est un missionnaire jésuite. Il arrive à Québec en 1632 afin de convertir les Autochtones au christianisme. Il baptisa Olivier Le Jeune en 1634 après lui avoir enseigné les rudiments du catéchisme. C'est grâce à ses *Relations des Jésuites*, un recueil de sa correspondance avec ses supérieurs religieux, que nous avons quelques informations à propos du jeune esclave malgache.

Piété : Foi.

Porte du non-retour : Sur l'île de Gorée a été construite une maison où séjournaient les esclaves avant d'être envoyés en Amérique. Au centre de cette maison se trouvait une ouverture donnant directement sur l'océan. C'est par là que passaient les esclaves pour embarquer sur les navires devant les amener sur le nouveau continent. Cette embrasure, appelée « porte du non-retour », représente le départ vers l'Amérique et la servitude ; la plupart des hommes, des femmes et des enfants qui sont passés par la Maison des esclaves n'ont jamais revu l'Afrique.

À l'époque d'Olivier Le Jeune, la Maison des esclaves de Gorée n'était pas encore construite ; elle le sera en 1776. J'ai décidé de garder cet anachronisme, car c'est un lieu hautement symbolique pour la traversée de l'Atlantique des esclaves africains.

Pourpoint : Vêtement porté sur le haut du corps ; veste.

Providence : Dieu dirigeant la destinée des hommes.

Rhizome : Racine poussant horizontalement.

Rossé : Être frappé violemment.

Stoïque : Comportement ferme devant le malheur.

Stupéfaction : Surprise, étonnement.

Traité de Saint-Germain-en-Laye : Traité signé en 1632 par la Grande-Bretagne et la France stipulant que Québec et les territoires de la région du Saint-Laurent sont rendus à la France.

Zénith : Dans le ciel, point vertical au-dessus de la tête.

COMPOSÉ EN ARNO PRO 14
SELON UNE MAQUETTE RÉALISÉE PAR PIERRE-LOUIS CAUCHON
CE TROISIÈME TIRAGE A ÉTÉ ACHEVÉ D'IMPRIMER EN JUILLET 2021
SUR LES PRESSES DE L'IMPRIMERIE HLN
À SHERBROOKE
POUR LE COMPTE DE GILLES HERMAN
ÉDITEUR À L'ENSEIGNE DU SEPTENTRION